KB237104

지상의 하루

임곤택
시집

문예
중앙
시선
018

지상의 하루

임곤택
시집

문예
중앙

시인의 말

여기는
처마 밑이거나 객석일거다

차례

1부

그동안 내내

여자가 창밖으로 새를 던진다
저녁이어서
여자에게는 새가 많다

여자의 눈 밑에는
한 번 쓰고 버린 혀와
한 번도 쓰지 않은 혀와
굼실거리는 천만 개의 이야기

여자가 창밖으로 새를 던진다

하얀 긴 머리카락
사과 반쪽

여자가 여자에게 새를 던진다

그대에게 닿는 허기

그대 담장의 그늘 아래 발을 찔러 넣는다
확인하고 싶은 사랑이 있다

더 자라지 않았고 자라고 싶지 않았다
어느 불멸의 손버릇이 내 몸을 버스에 태우고
가방을 들어 올리고 시계를 보게 한다
아침이 다시
아침이 되는 일의 어려움

길의 조각들이 덜컥덜컥 귀를 모은다
시큼한 웃음소리로
닫힌 대문들이 차려놓은 허기를 우리 즐거이 받았으나
아기를 품에 안은 여자와 그녀의 늙은 애비가
느릿느릿 눈앞을 지난다

당신이 몇 개의 지붕을 허물었는지
몇 알의 곡식을 거두었는지 모르고
사랑할 수 있다

당신이 지어준 죄를 갖고 나는 태어났다
당신을 닮은 들판과 들판의 소나무를 닮는 일
나는 서두른다

허공의 거대한 활을 보았으므로
당신으로부터 낱낱이 적중하는 나는 광기 들린 나뭇잎
하나의 몸으로
어떻게 여러 번의 추락이 가능한지

물과 소금은 잠시 혀를 지나고
열 개의 바람개비가 돈다
열 개의 종잇장 같은 바람이
노인의 얼굴을 덮고 그네 뒤로 숨는다
한 조각 마른 빵에 몰리는 푸른 거품
주인이 바뀐 폐염전 바닥에
반짝거리는 빛

확인하고 싶은 사랑이 있다

누가 목구멍의 검은 종기를 빨아내는지
그 덥고 물컹한 기쁨을 왜 자꾸 뱉어놓는지
백 일은 붉고
백 일은 없는 내 사랑
당신의 무심으로 속을 채우던 때의 흔한 이야기

4월

여자의 손짓 앞에 택시가 멈춘다

유리 자르는 사내는
아들에게 유리 자르는 법을 가르치고

물속의 제 얼굴을 가지려던 그이처럼
세상은 가난하고 야윈다

땅 위에 흰 젖을 뿌리는 목련의 나라
아버지가 알려준 것은 반드시 슬픈 것

유리를 자를 땐 손목이 베이지 않도록
그 뒤로도 계속 자라지 않도록

여자와 느티나무

당신 앞에 횡단보도가 있다
신호가 바뀐 줄도 모르고 선 당신의 앞에
평온의 바다 말고
시간의 아찔한 흰빛 말고

당신은 느티나무 고목 안에 있다
당신은 단단하고 두껍다
얼마나 많은 잎들을 바람과 맞바꾸었는지
당신 앞에는 예닐곱 살 사내아이
손가락에 묻은
과자 부스러기를 맛나게 핥는 사내아이와
긴 횡단보도가 있다

당신 앞에는
바다가 있거나 없다
갈매기들이 얼마나 가까이 다가오는지
뱃노래가 들리는지 당신 앞에는
웃자란 상고머리가 바람에 너풀거리는

사내아이와 긴 횡단보도가 있다

당신은 느티나무 고목 안에 있다
당신이 나기 전부터 고목이었던
그것의 안에서
당신은 무엇을 떠올리거나, 계속 잊는다

당신 앞에는
후텁지근한 바람과 오후의 한가한 버스들
당신이 두 번 파란불을 놓치는 동안

얼굴을 씻다

얼굴을 씻으며, 곤택아 곤택아 몇 번을 부른다
아침의 내가 엊저녁의 나를 부른다
아침의 내가 엊저녁의 나를 씻는다
세수를 하고 나면 얼굴이 희다

입추가 막 지난 8월
바보만 아니면 곧 추워질 것을 안다
바보가 아니므로 거기까지만 안다

발끝이 길 끝에 맞닿았다고
술자리서밖에 할 수 없는 말을
버스 타고 청량리서 바꿔 타고 저녁이면 정확히 그 반
대로
돌아오는 길마다 웅얼거리곤 한다

광화문 네거리서 저승사자같이 무섭게 생긴
이파리 하나가 어깨를 꽉 붙잡았다
그 어깨가 아직 그곳에 있고

내 어깨에는 여전히 그것이 얹혀 있다고
술자리서나 할 얘기를 혼자
웅얼거리곤 한다

얼굴을 씻으며 미친 새끼 미친 새끼 미친 새끼
거품을 많이 내야 잘 씻어진다
조금 바뀐 내 얼굴이 좋다

일몰

저녁 일곱시쯤의 자유는 착잡한 것
수염이 짙어지고
바람은 음탕해지고

흩어진 비둘기들을 한 마리씩 정확히 불러들이는
오래된 집의 기억력

어미가 방금 낳은 듯
버스는 버스 뒤에 바싹 붙어
정돈된다

어서 오라거나 멀리 가라는 손짓

하는 수 없이
사람들이 터벅터벅 빛을 흘릴 때

피아니스트

모차르트의 곡이라는데 친구는 커다란 피아노 앞에
방종한 팔뚝을 망치처럼 내리쳐
검은 건반을 몇 번이나 흰 것으로 잘못 눌렀다
그의 소나타는 약속한 십오 분을 정확히 채웠으므로
우리는 안심했다 늘 먹던 김치찌개를 함께 먹고
신발 속으로 걸음 속으로 치킨집을 끼고 왼쪽으로
걸어갔다 아주 조금
우리는 빠져나왔다 평균치의 인파로부터
평균치의 지옥과 아름다움으로부터

거인

거인이 일어선다

GS 25와 주유소가 마주 보는 4차선 도로

버스 창으로 거인의 옆얼굴이 비친다

오래전 가을 상투를 튼 화전민들의 쓸쓸한 추수를 떠올린다

운동회의 나른한 흙먼지를 마시고

쿨룩쿨룩 기침이 난다

꺾인 무릎을 짚고 거인이 일어선다

그는 무엇이든 꿰뚫고 어디든 닿았으며, 나비처럼 가볍다

구형 스포티지 한 대가 경찰차를 추월하는 중이다

가로등에 불이 켜진다 아직 어둡지 않은데

왜 그런 오후 있잖아

밀리는 차들에 시달리다 느지막이 집에 도착한 오후, 맞은편 아파트 벽이 카메라의 플래시처럼 눈부시고, 서쪽으로 치우친 해가 전속력을 내는

그때면 반지를 끼워줄게

약속은 반복되고 노부부가 횡단보도를 건넌다

열 대의 자동차에 펑크가 나고 비행기가 날고
거인의 키가 자란다
거인이 허리를 구부린다 봄날의 아지랑이같이
그의 정강이쯤을 지나는
우리는

한나절의 생각

비린내를 없애는 몇 가지 방법에 대해
네가 말할 때 나는
'비둘기가 좋은지 물고기가 더 나은지'
우리가 단 한 번
무엇으로 맘껏 변할 수 있다면

물속이 가장 편하다는
늙은 해녀의 짧은 한쪽 다리를 떠올리며
그에게 커다란 날개나
지느러미가 있었을 거라는 생각
전봇대보다 키 큰 딸과
군함 같은 아들을 낳았을지 모른다는 생각

벽에 걸린 시계는 두시를 넘어서고
눈발은 굵어지고
발이 시린 남녀는 신발을 뒤집어 모래를 털고

혀끝의 단맛이 이내 쌉쌀한 맛으로 변하는

식은 모과차를 반쯤 마셨을 때
비둘기가 좋은지 물고기가 좋은지
유리창에 붙은 눈송이를 하나씩 가리키며

우리가 무엇을
맘껏 변하게 한다면

어젯밤부터 오늘 아침까지

기둥 뒤의 당신
짙은 화장의 여자가 눈 이야기를 해요
이미 그친 눈 이야기 그러니까 어젯밤부터
오늘 아침까지의 이야기, 기둥 뒤의 당신
뚜벅뚜벅 짧아지는 계단의 그림자가 다가가요
새까맣게 흙 묻은 개 한 마리가
질척거리며 길도 아닌 길을 건너고
아무리 꼭꼭 숨어도 당신은 훤히 보이는군요
밤새 기왓장을 깨던 바람의 기합
우득우득 꿈틀거리는 물고기의 생살을 씹고
이도 닦지 않은 채 파란 바닷물을 들이켜는
사내들을 봐요 웃고 있는 당신
조그만 꽃핀 밑으로 한 줌 삐져나온
머리채, 축축하게 녹은 가로수의 두께로
우선 몸을 가려요
정거장을 떠난 버스가 노란 선을 거뜬히 밟네요
춘자야 보고 싶구나 인기가수의 찰진 가락이
열 번 스무 번도 넘게 흘러나와요

당신의 하품 하얀 기둥 뒤의
당신으로부터

당신과 나의 숲

내가 움켜쥔 하늘처럼 당신은 파란데
나무들은 소란하고
당신은 고백으로만 말하려 하고
나무가 노를 저어 노를 저어 나는 오가고
나무가 저은 배이므로 나는 아무 곳에도 닿지 않고
뒤에 선 나무들이
일제히 제 앞의 나무들을 뚫고 나오면서
숲엔 아무것도 감출 수가 없는데

이 질투는, 이 근심은
혼자 들을 수 없는 당신의 고백은

당신은 자꾸 반복하므로 나는
같은 노래를 부르면서 같은 버스를 타고
당신 한 사람으로 꽉 찬 세상을 맹렬히 가리키며
어둡고 투명한 숲 속을 오가는데
그치지 않는
몸의 뜨거운 염려는 숲에서 배를 곯는데

>

나무들은
고맙다, 말 걸지 않아서
고맙다, 위로하지 않아서

blues for nothing

베란다에 앉아 기타를 친다

선인장 화분 두 개를 앞에 세우고

빗속의 여인? blues for nothing?

나는 소박해서

꼬리를 치며 한가하게 지나는 변두리

얼룩덜룩한 흰 개처럼

물구나무로 거리를 지나도 쳐다보는 사람이 없지

흰머리가 몇 올 자랐다

턱 밑 시큰하게 벤 면도자국은 다 아물었고

아무도 불안하지 않을 옛날로 돌아가

나무들의 이름을 새로 지어야지

검은색 소나타가 서 있는 저 골목

벽을 어루만져

백 년을 어루만져 한 사람을 부르고

그의 가슴을 껴안아

빗속의 여인? blues for nothing?

나는 소박해서

큰 소리로 노래해도 나무라는 사람이 없지

연인들이여, 전봇대 옆 그늘에서
불평하고 금세 화해하는
빗속의 여인? blues for nothing?

스프링클러

당신은 수천수만의 유선형인데
어떤 생애도 거머쥐지 않고 화살의 궤적처럼
지나가는 물의 몸인데
질투와 폭로와 추락과, 달콤하고 축축한
통속의 일화(逸話)
지상에 가까울수록 당신은 무척 바쁘다
어느 단단한 것 위에 당신은 누울까
무심히 주고받는
당신 없는 하루는 너무 길어요 따위의 말들

독한 취기에 며칠 깨어나지 못했네
십 년 이십 년 전의 일처럼 몸을 일으켰네
지팡이가 꽃이 되는 마술
물의 춤과 혼신과 물의 패전을 한 귀로 흘렸네
젊은 꼽추의 주머니 가득, 해 질 때
가슴을 드러낸 붉은 마리아
나무의 발을 씻는, 몸 뻗어 나무의 情을 열어젖히는

저녁 습기가
당신의 뜻으로 와전된다

10월

말하는 법을 잊은 꽃과 백치들

아이들이 질긴 외투에 싸여 담 너머로 버려진다
태어날 아기는
엄마를 고르고는 꿈처럼 다시 잠들고

난폭해진 관엽수들의 노란 붉은 난교(亂交)
사람들이 서로의 사진을 찍는다

피 한 방울 남김없이 치러진 축제
한 번의 정사로 제 목을 꺾는 국화, 꽃처럼

하늘은 주름진 이마
하늘은 갈라진 입술

의자에 떨어진 신발 한 짝을 집어
땅에 놓아준다

너무 빠르거나 놀랄 만큼 느리지 않게
열 개의 손가락은 열두 번의 보름달을 가리켜

엉거주춤 문간에 귀를 댄
귀머거리와 절름발이 도적들

처음 온 와본 듯한 곳

지방도로의 불분명한 진행과 역행 사이
수확기의 포도밭과 기갑중대의 철망을 가르는
길의 권력으로부터
생각은 점선 같은 걸음을 절룩이고

버스가 사라진 곳을 본다
잎들의 발목이
길게 늘어져 풍선처럼 슬프다

꽃이 피었습니다
꽃이 피었습니다

조금 전 나를 내려준 버스는
이곳 정류장의 돌연한 고립을 눈치챌 것이므로
다시 이곳을 지날 것이므로

열두시였는지 열두시 반이었는지
의정부역 막차시간을 적어놓을걸

〉

생각은 구부러진 길의 오류를 가로질러
단번에 커지는 空地의 환청으로부터
문턱에 부딪친
발가락의 짧은 통증으로부터

무서운 크리스마스

달이 뜬다
온 동네 개들이 합창하는 월인천강지곡
갇힌 개들은 달리고 싶다
무서운 개와 무서워하는 개들이 한꺼번에 골목을 빠
져나간다
까마귀의 눈으로 껌껌하게 내려다본다
달에게 혼을 뺏기고 다락에 갇힌 광인
이런 밤에도 식욕이 오를까
짜장 한 그릇에 군만두를 추가시킨다
술잔에 달 떨어지는 소리
듣고 싶어요
문밖에 놓아기르는 털 뻣뻣한 개들의 짖는 소리
이 골목에서도 미친 듯 달리거나
미친 듯 물어뜯는 개로 자랄 수 있을까요
골목은 막다른 골목
구렁이처럼 담을 넘는 크리스마스 캐럴
노엘 노엘 노오엘
전라도 어느 구석에서 나는 이스라엘의 백성이 되었

더랬지
　　창밖에는 개들이 물고 다니는 달빛
　　오늘은 크리스마스
　　송편 같은 군만두를 간장에 푹 담근다

우리는 서로의 입을 막고

누가 가위질을 한다
너는 키가 아주 작아졌다

한 장의 사진과 몇 개의 화분으로
너는 사람들을 긁어모으고, 흐트러뜨린다
정말 기차를 탈까
우리는 아침을 기다리지 않고
자꾸 약속을 했다

너의 비극이 탐날 때 '네가 제일 예뻐'라고 말하지
너의 고독한 때가 탐날 때 '네가 제일 예뻐'라고 말하지
네가 온순해지면 아무도 너를 그리워하지 않고

우리는 거짓말을 했다
눈을 마주치지 않은 채로 용서했다

짓는 대로의 낯빛으로 증오가 찾아들고
아름다운 노래는 불리지 않고도 끝내 아름다운

그런 세상으로

몹시 다급한 것들이 모여드는 식탁
식사는 천천히 끝내는 편이 낫겠어

목련 아래 비를 피하다

숲의 여자가 눕는다
비는 여자의 깊은 허리를 만지고

그것은 하늘의 것이므로 믿어야 할 소식
비가 옮긴 것이므로 거두어질 소식
우리가 마주 눕거나 함께 점심을 먹던
지금은 어깨 너머
빗방울과 비둘기 목련의 흰 꽃잎

아이가 손을 펴 이마를 가린다
흔들리는 공원의 팻말, 돌로 만든 전사(戰士)들과
지워진 글자들
우리는 뻔한 거짓말을 하고 있다
무슨 비가 하루 내 와, 몸이 다 젖었어 말하며 슬쩍
목련의 더 깊은 속으로
작정 없이 사랑했던 여자와 숲의 한가운데

애초부터 이곳의 일부였던 것처럼

단단히 젖었다 우리는
다른 것이 되었다 핀에 꽂힌 나비는
너무 솔직해서 갖고 싶지 않다
가늘게 휘어지며, 여러 개의 틈을 순식간에 가로지르는
맛도 아니고 소리도 아닌 것

삐걱거리는 나무 계단을 밟고 4층이나 3층
전당포의 문을 두드린 사내는 사랑을 얻었을까

4월의 변덕은 막을 수 없다
그렇게 깍지 낀 손을 조금씩 풀면
한 개의 물방울이 또 하나를 큰 소리로 부르는 환절
(換節)의 오마쥬
눈을 감거나
멀리 피할 수 없는

짐을 싸다

비 오는 날은 귀가 밝아진다
빈방에서는 바깥의 소리까지 잘 울리고
오래된 물건들은 박제처럼 가볍다

짐을 싼다
책들을 묶고 신발을 털어 봉지에 담는다

구석은 머리칼이 쌓이는 곳이어서
머리칼은 끊어진 나이테 같은 것이어서
더러는 북적거렸던 일 년 남짓
한 남자의 냄새를 두 겹 세 겹
신문지에 싼다

편지를 쓰고 있다는 느낌
급한 전갈을 받고 여러 날이 지나서야
답을 생각해낸다
이불은 반으로 접고 또 반으로 접고

상자에 앉아 아, 아, 소리를 내본다
소리가 잘 울린다

2부

국화빵 만드는 여자

꽃을 꺾고 잎을 따는 시늉의 손짓
스스로 숯을 삼키고 벙어리가 된 자객처럼
여자는 국화 무늬를 새긴다
올겨울에는 전대미문의 추위가 닥칠 거라고, 누군가
신문 보도를 인용하고

여자는 역수(易水)를 건너 환생한 자객
가을 깊어도
이번 세상과는 아무 관계도 나누지 않는

반듯하게 잘린 시체 위에 몇 송이 국화꽃을 던지듯
봉지가 채워지고
짧은 목례가 마지막으로 교환된다

실낙원

새벽 화장실 불을 켤 때
바다가 보여
돌고래의 피부로 번득거리는 해변
시커먼 파도에 쇠작살 꽂아 넣는 어부들의
고함 소리가 들려

출구를 찾을 수 없는 남미의 정글
탁발을 떠나는 싯달타의 뒷모습이 보여
피골이 상접한 어깨 위로
하루의 태양이 이글거리고

옷자락에 묻은 따가운 살점을 떼어내는
싯달타의 기분을 알겠니

새벽 화장실 불을 켤 때
그가 있어
가테 가테˙ 불태운 시체를 배웅하는 강가

침침하게 꿈벅거리며
바지춤을 내리는 한 사내가 보여

박물관의 저녁

그의 어둠이 그리워지는 데 백 년이 걸리지
싱거웠던 그 토요일은 무엇이었을까

홍어회와 막걸리를 드시는 아버지가 평상 위에
검은 교복과 함께 차려져 있는
일거수일투족의 정적

죄인은 아니었고
병자(病者)도 되지 못한 아버지의 소심한 입맛이
식솔들을 이끌고
박물관의 느긋한 지붕 너머 사라지고 있다

초벌의 풋내는 어디로 갔을까
물가에서 자란 아이는 물내를 싫어해서
아버지의 뱃길을 거슬러
높은 나무들이 가린 곳으로 달렸는데

바닷가의 저녁은

뱃머리에 새긴 칼자국같이 깊고 습기가 많아
미치지 않으려고
물에 던져 넣은 술잔은 두 번 불에 구운 것
그 이마의 실금을 찾는 데는
몇 초가 채 걸리지 않고

비색(翡色)의 바닷속 같은
전시관에는 미인도와 녹슨 흉기들
어눌한 두통으로 누천년의 귓속말을 버티고
유리에 비친
천정의 불빛을 잠깐 들여다보는데

月下의 낚시꾼처럼 빈 배에 앉은 아버지
곧지도 푸르지도 않고 잠시
편안했던 토요일 오후의 그 정적에 대해
어두웠다고 말하고 싶지 않다.

그 남자를 떠올려

수북이 달린 나뭇잎을 보면
몸이 가렵다

끈 풀린 구두 한 켤레와 까마귀 나는 밀밭 길
그를 만나기 위해
며칠 전 문을 연 코인워시 세탁소 앞을 지난다

세탁소는 사과를 파는 가게였다
어두컴컴한 방 안 가족들이 먹는 것은 감자 몇 개
의자와 침대는 하나뿐인데

파이프를 물고 셔츠를 걷어 올린다
날뛰는 바람에 어떻게 고삐를 맬까, 가래질을 하는 사
람들의 허리가
몽땅 부러질지 몰라

겨울나무를 그리는 중이다 겨울에는 나무들이 그의
초상화를 닮지만

세상은 수다스럽고 아무도
귀를 자르지 않는다

이런 안부를 묻다

머리가 맑다 작은 소리가 잘 들린다

그렇게 슬프고

그렇게 우스웠는데

매년 봄 가야 하는 병원도 걸렀는데

피 검사와 소변 검사를 하고 흉부 엑스레이를 찍어야
했는데

글이 잘 써지고

정신이 너무 맑아서

기관지의 칼칼한 기미 다 삼켜진 줄 알았는데

일어설 때마다 눈앞에 날리던 꽃씨들

다 잦아든 것 같았는데

정오의 태양은 갈피를 잡을 수 없는데

두어 권 책을 선 채로 읽고

구호를 외치는 노병들의 일사불란함을

곁눈질로 보고

비가 내릴 거라는 뉴스를 떠올렸는데

귀가 더 필요한데

여벌의 눈과 더 많은 손끝이 필요한데

왜 이렇게 머리가 맑은지
구역질이 나도록 머리가 맑은지

그림 맞추기

간밤의 꿈을 한 조각도 줍지 않고 아침을 맞는다. 문을 두들기는 햇살의 행상(行商), 동분서주의 수다스런 자투리들. 찬물 한 컵으로 어제의 나 모른 척하기, 어제와 다른 말투로 말하기.

골목은 길고 수다스럽다. 한물간 사내들이 모여 소주값을 걱정한다. 버스를 기다리는 정류장의 비린내. '기표소'라고 쓰인 휘장을 젖히고 처음 맡았던 냄새. 나란히 번호를 붙인 사생결단의 빈칸들.

어린 연인들이 좁은 골목으로, 잘 맞는 신발처럼 척척 나아갈 때, 가장 먼저 서쪽에 닿은 사람은 아침인사의 격식을 이해한다. 방바닥에 그려지는 긴 수형도. 일몰은 너무 재빨라 한 장으로는 다 그릴 수 없지.

단단한 고목이 쓰러진다. 달리는 버스의 앞바퀴가 덜컥덜컥 빠진다. 눈을 꽉 감은 꼬마들이 치과 앞을 재빠르게 달린다. 자리를 옮겨 앉는 것들로 세상이 공평해

보일 때.

　태평성세의 기억을 반으로 나눠 하나는 정오의 하늘에, 나머지 반을 하오의 땅속에 묻는다. 맨질맨질 닳은, 한 쌍의 무릎뼈를 베개에서 발견할 때. 빈 컵을 닦아 다시 선반에 엎어놓을 때

대개는 음화(陰畵) 같은

손 하나가 점점 멀어진다

움켜쥐거나 건넬 수 없는 몇 가지 생각

유리 조각 꽂아진 담장 너머

커튼이 펄럭거린다

지나는 아이들의 아이스크림을 핥는다

버스는 정류장을 지나치고

앞만 보고 달리므로 멈출 것 같지 않고

퍼렇게 드러난 핏줄은 정말

가슴 왼편으로 향하는지

정교한 오답들

교문을 일시에 쏟아져 나오는 아이들은

한 아이의 분신이라는 생각

버스를 향해 뛰다 멈춘 사람들 모두

버스에 탄 한 사람의 잔상이라는 생각

뚜레쥬르 앞 정거장

여자의 비닐봉지에서 무엇이

뚝 뚝 떨어진다

내 아버지 닮은 노인이 비틀비틀 고개를 내려간다

손 하나가 점점 멀어진다
빽빽하게 들어선 보문2동의 단층 양옥들
대개는 음화 같은 일들

시민의 의무

회색의 시민들이 잠시 바쁜 오전 아홉시
두 대의 차가 비껴 지나는 그 골목은 평범해서
아무도 당신의 이탈을 의심하지 않는다

길이 좁은가, 좁다고 생각되는가

늙은 백양목이 더 큰 백양목으로 자라는 광장

당신이 선 길가는 평범해서
오른 택시비 걱정으로 시민의 의무를 다할 수 있다
천 번 이상 이웃의 아내를 탐하지 않았다면
아침 식빵을 훔치지 않았다면
동승을 허용한 운전수가 한 자리를 더 마련해 지나는
걸인을 태우고
빌어먹는 그가 세리(稅吏)처럼 오만하게
뭘 적선할 거요?

이빨을 훤히 드러내고 웃어라

평범한 자들은
아침을 맞는 것으로 하루의 의무를 마쳤으니

이런 게 필요한 아침

잡지의 표지를 손톱으로
벅벅 긁어 드러난 그런 배경이 좋겠다

창에 은박지를 붙여놓았다
새들어온 빛이 환등기같이 담배연기를 비춘다
좀 눌은 벽지 위가 좋겠다
한 아저씨가 다가와 바지를 쓱 내리는
변두리 극장쯤이 좋겠다

게슴츠레한 노래가 좋겠다
책보다는 거울이, 일자로 다듬은 콧수염이 좋겠다
담배를 또 문다
새벽까지 아이들에게 글 잘 쓰는 비급을 전수하고
소주 딱 한 병 마시고 온 아침

신문은 오지 않는 게 좋겠다
빨간 코의 유쾌한 광대가 문 두드리면 좋겠다

당신의 나라가 흑백으로 치직거리고
여자는 남자의 어깨를 두들기며 웃고

여름의 짧은 기록

1
바람은 장난스럽고 장마의 기미가 있다
귀신의 귀엣말이 문틈으로 흘러 다닌다
향리에 묻힌 은자처럼
한 소쿠리의 채소와 반 공기의 찬밥으로 배를 채우고
흐르는 물에 귀를 씻는다
그늘에 고인 물이 무척 차다

2
내 머리칼은 스페인 혈통
파고다 뒷길에서 혜화동을 거쳐 8월의 한낮을
검은 구두가 빨갛게 녹아내린다
달아오른 은행나무는 그늘을 만들지 않는다
정류장이 어딘지를 묻던 여자는
아무것도 듣지 못했다
가을에 대해 나는 아는 것이 없다
도랑에 오줌을 갈기는 사내아이들처럼
킬킬거리는 바람

저녁을 기다리는 사람들

멀리
먹구름이 몰려오는 게 보인다

3
달리는 버스 창밖으로
단발머리 하나와 단발머리 둘과 모든 단발머리가 뚝
뚝 물을 흘린다

새야 새야 파랑새야
우리 살은 하나의 태양으로 검어지고
신탁은 한 번의 우기(雨期)를 여름에 끼워 넣고

새야 새야 파랑새야
처마 밑에 앉아 입술을 말리자
한 덩어리 명랑을 물어 올리자

>

4

저고리를 빨던 아낙들은 산으로 갔네
산으로 간 아낙들은 여름내 더 깊은 산으로 가고
걷지 못한 빨래들이 담 너머로 펄럭거리네

5

45억 년 전 가스와 먼지가 모여 지구가 만들어지고
땅이 잘리고 구부러지고 공룡이며 양치식물 발아래 누
워 있다 강철 눈꺼풀 철컥거리며 층층이 눌린 배꼽들

덜컹이는 창문에 담쟁이 넝쿨을 걸어두고
아버지가 비탈을 내려가신다
저렇게 계속
계속해서 내려가신다

거리(距離)
— 지렁이

더듬더듬 내딛어간 상반신을 붙들고
황급히 뒤쫓는 남은 반신의 걸음이 서툴다

빗물에 쓸린 까슬까슬한 길바닥
맨살인 허벅지와 맨살인 손톱을 문지르는 것이 있다

한 노인이 리어카를 세워두고 점심을 먹는다
흙탕물을 피해 우물거리는 입술의 걸음걸이

멈춘 것은 멈춘 대로 서두르는 것은 뒤돌아볼 겨를 없이

비 갠 다음의 K씨

지나는 너를 큰 소리로 부를 뻔했다
구부정한 너의 발밑 잔디는 깎아야 할 높이다

우산을 펴 햇빛을 가리는 사람들
우산 하나에 그려진 New York subway map을 읽는다

비 때문이었다
거리는 어두웠다, 비 때문이 아니었다
거리는 무척 어두웠다

너는 구두 끝을 보며 걸었다 빛을 스스로 만드는
심해어 더듬거리는
너의 발밑
사이프러스에서 브룩으로 59번가에서는 환승

소나무에 가린 소나무의 큰 키
푸른 정염에 가린 어둠의 후견(後見)을 발견한다

귓속말을 하고

귓속말을 듣고 싶은 때

비 올 확률 80퍼센트의 대기
빛 쪽으로 몰리다가 휘발하는 손톱
예언자의 손가락질로
빈 병을 집어 드는 누더기의 사내

애초부터 그쯤에서 그렇게 멈춘 것 같은
너의 발밑 팽팽하게 당겨진 길
녹슨 가위

지금까지 그때부터

길바닥을 밀어 올리는 파란 사내아이들
아낙의 허리에 싱싱한 열매들이 매달려 있네

설문지를 내미는 짧은 치마 아가씨
어느 오래된 기억과
가장 새로운 입맛 중의 하나를 고르라네

임오군란 병졸들이 운현궁에 모여들 때, 밝을 병(炳)
자 검을 현(玄) 자
증조부는 풍천 임(任)씨 처녀랑 혼례를 올렸다는데

신경질을 부리며 얽히는 골목
급커브는 마음만 급하지
불법주차와 노상방뇨와 상투적인 낙서들

날마다 해마다 새 말을 배운다
잊었던 말을 골백번
다시 배운 적도 있는데

>

설문지를 돌려주며 사탕 한 줌을 받네
찐득하게 녹은 딸기 맛

—사람들 손 씻는 소리가 참 맑지요
—당신들은 사탕을 참 맛나게 드시는 군요

키 큰 나무들의 방

얼마나 높을까, 이곳은
창밖으로 에펠탑이나 만리장성 빤히 보이고
눈 깜짝할 사이 바다 밑까지 닿는

북부간선을 달리는 자동차 행렬이
바느질 자국 같다

이곳은
맨몸을 문질러 사랑을 하고
바지를 다리고 친구의 별명을 기억하는 곳

빨간 매니큐어를 바른 손이 벽을 기어오른다
몇 개의 녹색 지문을 남기고 얼른
사라진다

까마득한 추위가 끝나는 극지(極地) 어느 곳에서
어리석은 사람들은 다시 사랑에 빠지고

창틀의 먼지를 닦는다
새로 사온 선인장 화분을 놓는다

첫 생명체가 어떻게 초록색이 되는지
믿기지 않는 거 영혼불멸 같은 거
빤히 보이는

B. B. King

틴 팬 앨리의 컴컴한 재즈 바
필터를 씹는 에나멜 구두의 사내들
흑인 여가수는 절정마다 흐느끼며 어깨를 떨고
쫓고 쫓기는 사내들의 땀 냄새
폐쇄된 부두의 철망 앞에
B. B. King 그는 가스펠 가수의 아들

스팀이 들어와도 지하실은 따뜻해지지 않았어
낡은 LP판의 잡음처럼 쉬쉬 훈김이 새어 나왔지
그의 기타는 루씰˙
악보를 읽을 줄 몰랐어
창밖에는 눈이 펑펑 내리는데
컴 레인 어쩌구 하는 곡을 따라 불렀지
들리는 대로, 떠오르는 것들을 하나씩 흉내 내며
B. B. King 그는 목화 농장의 어린 노동자

성수대교가 끝나는 데서 강변로는 시작되지
너덧 번의 급회전

앰뷸런스 한 대가 차선을 바꾸며 사라지고
한강과 붉은색이 잘 어울렸어
풍선껌을 커다랗게 부풀려
애인을 기다리는 게토의 여자들을 떠올리며
B. B. King은 히치하이커
뉴욕을 떠날 때 뉴욕을 다시 떠날 때

• B. B. King은 자신의 기타를 '루씰'이라는 애칭으로 불렀다.

300km

사진관 앞에서 남자들이 싸운다
진열장에 걸린 사진 속 가족이 낯익다

여기는 낡고 오래된 우주
문득 빛보다 빠르게 생각을 추켜올린 때
몇 억 광년을 거슬러
행성들 사이를 여행 중이다

기차는 죽 뻗은 길을 예정대로 달린다
서울 목포를 세 시간여에 주파하고
일천구백육십구 년 머리 위를 지난 아폴로 11호가
달에 닿는다

역에서 건너다본 세상은 비좁고
터무니없이 낯설다
줄타기 묘기를 부리거나 외발자전거를 타는 사람들
가까스로 그들의 언어를 기억해
나주 임씨 상가(喪家)를 묻는다

사진관 옆은 새로 지은 이발소
머리를 풀어 헤친 자들이 모두 낯익다

물에 잠긴 아침

물에 잠겨야 떠오르는 저지대의 인기척

밤을 새웠지만 사물의 배후는 확인할 수 없다

수도 없는 낯선 물건들

폭죽을 터뜨리며 멸종하는 갈라파고스의 거북이

동틀 녘에 비친 노을의 홍소(哄笑)

처마에서 바닐라 향의 음절이 똑 똑 떨어지고 있다

수줍었으므로 나는 초대되었고

정확히 발음하지 못해 인사를 나눌 수 있었다

우리는 지금 땅에 사는 짐승이 아니다

물렁해진 종아리에서 한 쌍의 지느러미가 자란다

한 번의 숨에 반짝거리는 비늘 한 개씩

거꾸로 매달려 사라지는 안견의 몽유도원도

무언가 속고 있다는 불안

무언가 속이고 있다는 야릇한 피로

악착같던 담장은 죄다 허물어졌다

벽을 두드려 옮기던 소문들 더 이상 모을 수 없다

천상의 별자리 거푸 신발 속에서 빠져든다

마르기 시작하는 나무들

면도를 하고 싶다
흙은 흙으로 바람은 바람으로

다산성에 대하여

식당 앞에 멈출 것이다
단단한 어금니는 몇 가락 면발에
통증을 느끼며 눈물을 흘릴지 모른다
손쉽게 잔인해지는 밤

왼편으로 걷는다
길의 오른편 빨갛게 입술 칠한 여자들이
창을 두드리기 때문이다
어떻게 알아본 걸까 집으로 가는 밤
생각이 흩뿌려진
모래밭의 반절을 그녀들이 지배하는 밤

치통은 아침이면 나을 것이다
전구를 씹고, 철사를 잘라 먹는 사람은
할 수 있는 걸 하는 거다
어제도 했던 일이니까

피부 밑에 기생하는 식탐이 구물구물

기어 나온다
국수 한 그릇을 거뜬히 비울 것이다

입안에 고인 뒷맛은 다시 어금니가 되겠지
내일도 같은 짓을 벌이겠지
내 몸과 그의 슬픔은 서로
배신하길 즐기니까

3부

이름을 바꾸다

플라타너스가 플라타너스 가지를 사방으로 뻗는다
오늘은 뭔가 자꾸 줄어든다

짐승처럼 행동하지 않는다면
할 수 있는 일이란 잠시 이름을 바꾸는 것
세탁소 주인의 물음에 가명을 대고
한 생애를 약간 들어 올렸다고 믿는다

천정에 숨어 말 거는 자에게

너는 자꾸 이켠으로 온다 네 땅을 넘어
허락한 만큼만 왔으면
너의 눈알들 내 입안에서 싸그락거린다
별들의 촘촘한 발바닥
가장 깊이 깨어났을 때 나는 너와 가깝다
물컵에 떠오른 부지런한 말들

네가 내어준 땅에
서 있다 고개를 조금 돌려
젖꼭지를 찾아 물듯이 굵은 나무에 귀를 대고
정말 내 것인지 자주 어리둥절한
한 개의 이름과 그것을 착실히 기른 베개와
삐걱거리는 잠결

이제 그만, 잠시만
네가 넘어온 만큼 자꾸 그쪽으로 간다
기쁨이 없어져야, 나를 가졌던 체중과 슬픔이 없어야
닿을 수 있는 곳

딩동딩동 모서리가 지워진 벨소리
벨소리같이 반복하는 아침이 없어야
갈 것 같은 그 너머, 팔을 구부려 머리는 괴는
양 떼와 천사들

단 한 번 아침밥을 함께 떠먹은 여자처럼
맘 편히 속엣말을 나누는
오래 병든 애완견의 주둥이를 틀어쥔 노인과
식사가 되었을 것의 부패

부끄러운 짓을 한 것 같다
믿을 수 있는 것과
아닌 것을 가려두어야 할 것 같다

누운 복사뼈 위에 이끼가 낀다
머리칼에 눈이 쌓인다 부지런한 별들의 사막
어금니 두 개가 새 거죽을 하나 물고
다른 거죽들과 다투는 그곳은 또한 나의 땅

그만, 잠시만
의자를 밀어 넣듯이 천천히, 잠시만

고생대로부터의 발자국

이봐 그 왜 있잖아 저기 가늘고 흔들거리는

식전부터 음침하게 흐물거리는 햇빛
화분에 기르는 토마토 줄기 하나 꺾여 있다

철사 옷걸이를 곧게 펴 꺾인 줄기에 붙여 세운다
썩은 것 몇 개를 따내고 베란다 끝
볕이 잘 드는 쪽으로 바싹 내미는 때

늪처럼 순종하는 두 팔로 어떤 깊이에 사무친 것처럼
스러진 육신의 명상과 마침내 풀려난 밤의 의지

가렵고 따끔거리는, 정수리를 딛고 이마를 밟고 연달아
17층 베란다 유리를 깨고 뛰쳐나가는

그 왜 있잖아 그, 오래고, 껌껌한

얼룩

향을 사르며
청량음료의 투명한 거품을 떠올린다
지하로 통한 계단 위에서
얼음 호수에 던져진 짐승의 사투를 생각한다
한 여자가 발바닥으로 무엇을
쓱쓱 지우고 있을 때

어둠은 사물을 마모시키고
그것의 처음 모습을 자꾸 떠오르게 한다
브레이크를 밟는 요란한 소리가 들린다
남아서는 안 될 것이
사방에 붙어 확연해지고 있다

저것은 어떻게 여기 들어오게 되었을까
후미가 마저 지워지고 있는 저것
누군가 잡아두기 전에는 여기 놓일 수 없는 것
오래전부터 여기 있었다고는 믿기 힘든 것

단조롭다 너무 단조롭다
돼지고기를 삶는 연기와 잘 삶아진 돼지고기의 누린내

여자의 화장이 짙다
피로 피를 닦으려는 복수의 칼부림같이
사람들의 배웅은 너무 느리다

기미(機微)

햇볕 바람 이파리를 좋아했다
여름내 나는 가벼웠다
또렷한 상태였고, 무엇이 어떻게 되어갈지
알지 못했다
여기저기 매미를 잡았다는 아이들

손으로 해를 가릴 때
붉고 얇은 것이 한 장씩 떨어져 나온다
앞의 것과 뒤의 것이 똑같아서
세상은 금세 심심해진다

벤치는 양편으로 나뉘어 놓여 있다
침대에 누운
그를 오래 바라보고 있는 그녀처럼
그것들은 모두 흰색이다

매미 울음소리가 그친다
시작한 울음을 단숨에 그칠 수 있는 것이

땅 위에는 없는데
매미를 잡은 아이들이 한데 모인다

내가 좋아하는 햇볕
바람과 이파리는 점점 무거워진다
잦아드는 그의 말을
모두 알아들었다고 생각하는 그녀처럼 나는
있는 것을, 없다고 느낀다

어둡고 넓어서

주머니 속이 넓어 잎 하나를 주워 담는다
그의 땅을
모두 차지할 셈인가?
조금 전, 잎들이 떨어지며 들려준 이야기가 있었고
달나라에 사는 토끼 두 마리의 동화처럼 그것은
아득하고 행복했는데
우연히 들은 이야기의 전모를 내가 탐해서
잎들이 지나온 길의 형상은 담을 수가 없어서
나는 디딜 데를 정하지 못하고

밤새 등을 켜고 길을 밝힐
그의 푸른색 아이를
내가 낳을 수는 없을 테고
잎 하나로 갈 수 있는 곳을 생각한다
만지작거리면서 부스러뜨리면서
주머니에 손을 넣고

침묵과 뼈

1

나는 말하지 않았고
누구도 말하지 않았으므로
소란하던 뼈들은 다시 일억 년을 기다려야 하리

무엇을 어디로 옮기려는가
몇 시부터를 우리 시작이나 종말이라고 부르겠는가
베개를 나누어 벤 밤귀신들의 귀엣말이
하루를 더 묵어가는 동안

들판의 편편해진 무덤과
가마니 그득 형형한 생각의 사리들

창문을 여는 뻑뻑한 소리로 기침하는 애비들이여
부지런한 벌레들이여
작은 것들은 부지런하여 스스로를 소진시킨다

이런 것을 기다렸을까

부은 손등과 쑥 파인 두 볼
당신은, 무엇을 어디로 옮기려는가

2
나 아니면 당신 아니라면 누군가
연인의 등을 토닥여
다시 한 번이라고 사랑을 속이고 있다

마른 선인장은 기꺼이 하루를 더 굶주리고
두어 번 자살을 미룬 자의 태도로
창틈이 밝아진다
깨달은 자의 얼굴이 웃는다
너는 정지하지 못할 것이다
싱겁군, 회칠을 한 것처럼 너의 표정은 너무 싱거워

3
무엇을 흔들어 깨울까
땀을 쏟은 연인은 잠잠해지고

입 다문 것들도 말벗이 되는가 말 없어도
비문(碑文)은 되겠는가, 비명(碑銘)이 없는 그것에
내 이름을 붙여주어도 좋은가 가장 가까운 벽에
그것을 비춰
아는 얼굴이라고 우겨도 괜찮겠는가

밤새 모아둔 탁한 입김을 팔뚝에 불어
아침 해와 나무를 새긴다
당신에게 빌려온 아직 불안한 성씨(姓氏) 그것을
사랑했던 유물
어젯밤 함께 잠들었던 연인이라 믿어도
나는 쓸쓸하지 않겠는가

플라타너스

나무에게는 생활이 없다

다만 정중해서 저게 나를 위해 서 있다는 생각

온종일 나를 기다렸다는 생각

오늘 아침 하늘은 가을 하늘 같고

계단을 오른 무릎이 다음 계단의 모서리같이 단단할 때

모서리가 숨이고 근육이고 얼굴이라는 생각

누가 나를 기다린다는 생각

기다리고 있다는 생각

그렇게 한없이 정중한 나무를 보고

울컥 눈물 쏟아지려는데

내 안에는 그늘도 빛도 없어 슬플 이유도 없고

맹장을 떼어낸 자국이 가장 큰 상처인, 나를

누가 기다려주고 있다는 생각

그가 기다린 것은 뻣뻣한 몸이고 단단한 모서리라는
사실

그렇게 계속 기다려 나무가 풍선이 된다면, 나무가 하
얀 사탕이라면

세상은 변하는 것이어서 나도 달라질 수 있겠다는 생각

달라지고 달라져서 문득 나무인 내가 무엇을
기다리고 섰다는 느낌
앉지도 눕지도 않고 단단한 모서리로 꽉 차서는
기다린다는 기다렸다는
그 한 생각

늘 옳고 이기는 쪽

이 시간에는 이 동네가
빵집 앞에는 정류장이 가장 잘 어울려

저게 뭘까
도대체, 두툼해진 비둘기와 눈빛이 없는 부피들

길 건너에 등 뒤에 양복점에 멈춘 버스에
그는 아주 잘 비친다

차로를 뛰어 건너는 남자의 주머니 속 왼손은
손가락이 여섯 개인지
칼을 쥐었는지

내려다보는 습관으로 새들은 오해가 많다
다가오는 것을 흠칫 확인하는 사람들

아침으로 먹은 몇 순갈 밥알이 소화되는 동안
달리는 것들이 홀쭉해지는 순간

＞

버스가 한 여자를 내려놓는다 간단히
아주 간신히

내 이마의 청동거울

나무에서 왔으므로 나는 아름답다
아무것도 포기하지 않을 것이다

침묵하라는 충고들이 말꼬리를 잘랐다
가장 굵게 잔뼈가 자란 거리의 이름을
수십 번 부정하고
가르마를 바꾸고 오른손을 쓰지 않기로 했다
아무도 닮고 싶지 않았다

발밑이 땅이 아니라는 느낌
어떤 연륜도 뿌리를 찾을 수 없다는 것
풀밭에서 듣는 울음소리
원시의 발자국과 무인도의 유칼립투스, 사그락거리는
태고의 모래 해변
내 기억이 아니라는 것

당신은 내 이마 위에
당신의 살이었던 서랍과 빈 상자들 속에

녹청색 어금니와 불안하게 회오리치는 잎맥을 넣어두
었다
그렇게 나는 플라타너스를 좋아하고
자주 하늘을 보았다는 것

어깨에 떨어진 빛을 발밑에 묻고
세상에 떠도는 이야기들 손끝으로 털고
남는 자랑은 당신에게 돌려줄 것이다

바람의 수령(樹齡)을 세며 천 년 전 강둑에 흔들거린다
나의 일부는 나무를 따라가고 없다

매듭은 나비 모양으로

몸을 수그린다
두꺼운 살점을 한입 가득 우물거리는 질감

'해맑은 유치원'의 찌그러진 풍선들과
폐지를 줍는 노파를 지나

두 번 세 번 인사해도
옆집 남자는 휠체어에 앉아 졸고

담장 아래 넘어진
녹슨 캐비닛의 주인은 기중(忌中)

골목은 교활하다
아무것도 스스로 죽을 수 없게 한다

정원수와 붉은 장미

正午의 절망한 애인아

너의 충복이 왼쪽 가슴을 연다

신발 끈을 조인다
매듭은 커다랗게 나비 모양으로

산책

온갖 매무새로 늘어선 당신
당신이 맹렬히 칼날을 휘두르는 사이
내 사랑하는 이의 소식이 들리고
그를 맞으러 가는 길인데
야구공을 쥔 사내 둘이 어깨를 툭 치고
'하루가 점점 길어지는데…… 우리
걸음이 빨라지는 거 아냐?' 그들이 주고받는 말을
잠깐 엿들었는데
내 사랑의 얼굴을 얼핏 놓치고
그를 마중 나온 길이었으며
읽던 책을 아무렇게나 엎어두었던 일도
깜빡 잊고 마는데
2월은 하루를 남기고 모두 소진되었다
그리고 남은 하루는
때를 기다리며 세상을 맴돌 것 같은데
지루한 곳에서 온 듯
내 사랑 낡은 신발을 끌고 오는데
눈을 가리는 우뚝한 건물 그 위로

떠올랐다 이우는 인기척
아편을 싣고 오는 제국의 상선같이
으슥히 사랑이 오는데

풍향은 상관없고

저 기둥엔 병색(病色)이 있어
닿아본 적 없는 곳에서 옮은 바람의 매독균

필터까지 담배를 태우고,
저것들은 어디서 터져 나왔지
그림자? 당신?
담벼락같이 낯익은 것들 말고

사가정역 정류장에서 한 시간 동안
겁먹은 남자 다섯과
제 표정을 부축하며 지나는 行人 다섯을 보았다

기분이 좀 나아져? 기타를 쳐줄게
신나게 연주할 수 있어

兄에게 외국말을 배운 적이 있다
옷가게들은 비슷한 일을 반복하고 쾌감은 없지
일본어로는 리듬을 '리즈-무'라고 발음해

어디, 좀
밝은 것 없어?

식은 냄비처럼
노인이 강아지를 끌어안고 간다

우린 언제 비밀을 털어놓지
비밀이 있다고 믿게 되는 때?
그날 밤은 정말 무서운 꿈을 꿀까

가운뎃손가락을 치켜세운 가로수
풍향은 상관없고
롯데리아에서는 여고생들이 화장을 고치지

벽화

첫 번째 방에서 당신은 갈색 외투를 벗어
사슴뿔 모양의 옷걸이에 척 걸치며 경쾌한 비음으로
안녕, 거기 당신은 갇혀
얼마나 오래
우리는 서로 모른 척할 수 있을까

그리고 두 번째 방은, 내게 가장 친근한
일인용 침대와 팔걸이가 덜컥거리는 의자가 있고
벽에 세워둔 기타에
비친 당신의 명암을 끌어당겨

당신에게 졸음 같은 키스를 하고
낮 동안 연습해놓은 재즈풍의 기타 소리를 배경으로
당신은 꼬집듯이 내 뺨을 때리고

당신은 점점 나를 닮는군
당신에게서 빠져나오는 일은 가능하지 않아
벽을 더듬거려 당신의 방 문고리를 잡고

골목을 달리는 오토바이의 소음

웃는 당신을 향해, 딸깍
당신의 초상화를 둘둘 말아 옆구리에 끼고

습관적 실패

甲男乙女의 수의를 입고 전진하는 바람
당신에게 깨어난 예전의 어린 나무 아래
낯익은 그늘의 낯익은 벼이삭을 줍는다

조부들의 주사(酒邪)는 거의 예언이어서
파고다 공원 뒤 포장마차 우리는 소주를 마신다
어제 쌓은 백 년 전의 성곽
날마다 한 개씩 소진되는 태양의 곳간
실패는 살짝 감춰진 은화처럼 살지고 빛난다
연이어 몇 잔을 더 삼킨다

노예처럼 미친 사람처럼
길은 포클레인과 흙더미로 사창가와 병원으로 흩어지고
새끼들의 혀가 새파랗게 심어진 둔덕
그들의 노안으로 지난 세기를 노려본다

미간을 흐르는 10월의 강물에 우리는
손수건을 빨거나 머리를 감을 수 없고

＞

두 마리 이상 물고기를 땅에 그릴 수 있다면
숫자는 배우지 말았어야 했다
홍인지문(興仁之門)의 문틈으로 서양력의 캘린더와
재 너머 논밭을 떠올리는 일

돌덩이를 벼려 짐승의 배를 따고
숭덩숭덩 모가지를 베던 때의 핏내 진동하는 밤
일찌감치 자리를 파한 우리는
종로5가의 소음이 된다

대륙 끝에 닿은 정복군의 난감한 흥분
귀향길의 약탈을 위해
패전민들이 감춘 양식을 셈한다

부지런한 난쟁이

당신, 부지런한 난쟁이
양편에서 쏘아진 화살처럼 바쁘게 오가는
당신 왼편에 하이마트 미아점이 있고
오른편 노인들은 한 개비의 담배를
두 번으로 나눠 피우고

당신은 한 번의 빗질로 한 가지 생각을
한 가지 생각으로 한 번의 가을을 다 쓸어 담네
그러고는 총총 건널목을 건너지

당신은 오만한 친구
넘어진 주인을 일으키지 않는 일꾼

당신, 부지런한 난쟁이
양팔을 늘여 은행나무와 버스들을 한데 묶고
모자 속에서 흰 비둘기를 꺼내어 날리지
당신은 삽화 속의 인력거꾼
한 이야기를 다음 이야기로 실어 나르네

쉽게 보내는 하루

물 한 병을 산다
발그레한 빛이 국민은행 너머 한신아파트 너머
사람들 흩어진다
저녁을 편안하게 맞고 싶은가
한두 개의 연장으로 구겨진 자동차를 고치는
능숙한 기계공의 손재주를 가졌다면
발밑을 살피지 않은 채 사람들을 만나고
아무렇지 않게 돌아올 수 있다면
당신은 괜찮다, 저녁은 편안할 것이다
병마개가 따르르 몸서리를 치며 발밑에 멈춘다
물 한 모금을 마시고
크리스털 샘물을 노을에 흔든다
아무렇게나 엎어두는 하루
높다란 선반에서 우르르 쏟아지는 하루
어쩌다 손을 베어도 그놈이 그놈 같아서
어디서 그랬는지 찾아낼 수 없다면
괜찮다, 당신은
정말 그런 하루를 보냈다면

허무를 견뎌내는 방식

조재룡 · 문학평론가

일상에 대해 최소한의 예의를 갖추려고 부단히 애를 쓰는 시인이 있다. 그는 일상에서 되풀이되는 것들을 무심코 지나치는 대신, 쳇바퀴와도 같아 지루할 저 '반복이라는 이름의 허무'를 기필코 시에서 확인해야 한다고 매일같이 제 어금니를 지그시 눌러 문다. 일상의 기록은 기발한 착상이나 놀랄 만한 반전을 동반하지도 않는다. 그의 시에서 일상은 '하루의 역사'처럼 그려지지만, 밭은기침과 반복되는 자의식으로 비끄러맨 이 개인사의 기록은, 일상이라는 이름으로 그렇게나 자주 출몰했던 각별한 체험이나 쓰라린 고통으로 얼룩진 삶의 시적 재편과는 아무런 상관이 없기 때문이다. 감정의 과도한 투사나 수사의 화려한 변주를 임곤택의 시에서 발견하기 어려운 것은 따라서 우연이 아니라, 그의 세계관 때문이라고 해야 한다. 그가 "한 생애를 약간 들어 올렸다"(「이름을 바꾸다」)고 말할 때, 우리가 읽어내야 하는 것은, 시를 통해 그럴 수 있을 것이라는 그의 이 믿음 속에 담겨 있는, 오로지 이런 방식에 의해서만 이전에 비해 "약간" 달라진 형태로 삶이 연장될 수 있다는 도저한 인식이다. 묵묵히 제 앞에 주어진 삶을 견디며 결국 자신마저 튕겨낼 정도로 갑갑해하는 지경에 이르러 게워낸 말이라면 모를까, 그의 일상, 그가 시에 끌고 들어온 저 풍경은 풋풋함이나 패기, 애절함이나 비통함, 성찰이나 깨달음의 통보로 거개의 몸통을 빚어내는, 이른바 사이비 일상시들과는 근본적으로 상이한 모습을 취하고 있기 때문이다. 오히려 그는 어느 한순간에 포착된 범속한 풍경을 재료로 삼아 묵묵히 삶을 연장하려는 노력을 시에서 조용히 채근해나갈 뿐이다. 따라서 하루의 모든 시간대가 첫 시집 구석구석에 포진되어 있지만, 임곤택은 시를 이해하는 데 없어서는 안 될 개념어나 독특한 사상적 기반을 표정하는 관념을 따로 고안하지 않는다. 그 대신, 삶에서 기묘하게 어긋나 있는 것들, 감정 그대로의 상태로 존재하는 것들, 어느 한순간에 찾아든 저 표현하기 어려운 마음의 상태, 그 어떤 희망이나 심지어 절망조차 부여잡기 힘겨운 존재들의 다변적인 모습을, 마치 한 삽에 움푹 찍어

흙을 나를 때 그렇게 하듯, 그것도 "너무 빠르거나 놀랄 만큼 느리지 않게"(「10월」), 시집 안으로 옮겨다 놓는 일에 몰두할 뿐이다. 그의 하루 일과를 따라가보자.

1. 새벽의 상상력과 펜 끝에서 대롱거리는 말

지나치게 일찍 눈을 뜨거나, 반대로, 좀처럼 잠을 이루지 못해 맞이한 새벽에 당신은 주로 무얼 하는가?

새벽 화장실 불을 켤 때
바다가 보여
돌고래의 피부로 번득거리는 해변
시커먼 파도에 쇠작살 꽂아 넣는 어부들의
고함 소리가 들려

출구를 찾을 수 없는 남미의 정글
탁발을 떠나는 싯달타의 뒷모습이 보여
피골이 상접한 어깨 위로
하루의 태양이 이글거리고

옷자락에 묻은 따가운 살점을 떼어내는
싯달타의 기분을 알겠니

새벽 화장실 불을 켤 때

그가 있어

가테 가테 불태운 시체를 배웅하는 강가

침침하게 끔벅거리며

바지춤을 내리는 한 사내가 보여

—「실낙원」 전문

새벽에 잠에서 깨어 화장실엘 간다. 그런데 그곳은 한적한 배설의 공간이 아니다. 파멸되고 추방된 곳이자 행복과 자유를 잃어버린 현대인의 자화상을 확인하게 되는 초라한 곳일 뿐이다. 밀턴의 『실낙원』을 염두에 둘 때 가능한 해석이겠지만, 이 작품의 패러디와 착안이 여기서 그치는 것은 아니다. 첫 연이 변기 안의 푸른 물('청크린'을 넣어놓았나?)을 보며 대결 형식의 '노동'이라는 주제를 급작스레 떠올린 것이라고 보면 『노인과 바다』 역시 무관하다고 할 수는 없다. 둘째 연에도 감정의 뉘앙스를 쫓아 순간의 느낌 그대로 무언가를 전사해놓기는 매한가지이다. 오줌을 누는 순간에 불쑥 찾아온, 가령 화장실에는 들어오는 문밖에 없다는 따위의 생각 하나, 사건의 뼈대를 이루는 핵심은 아니지만, 끈덕지다면 또 끈덕지다고 할, 지워버렸으면 하고 내심 바라지만 그럴수록 반복되면서 눌어붙는 상념 하나로부터

"출구를 찾을 수 없는 남미의 정글"이라는 비유가 솟아
난다. 작품의 주제와 연관된 죽음은 이렇게 새벽 화장
실의 일상적 주제로의 환원 과정을 겪지만, 중요한 것
은 화장실의 불을 켜는 순간에 비친 제 모습을 "불태운
시체를 배웅하는 강가"라고 비유해놓았음에도 불구하
고, 또 새벽이기에 보다 강렬하게 뿜어 나오는 전구의
빛에서 "옷자락에 묻은 따가운 살점을 떼어내는" 고통
을 상상해내었다고 해도, 어떤 깨달음이나 해탈을 시에
서 노정하지 않는다는 점이다. 이러한 사실을 이해하지
못하면 임곤택의 시는 자연을 상징(특히 나무의 메타포)
하고, 깨달음(허무에서 주어지는 결론)이나 달관(장례식과
죽음에 대한 체념)을 밑밥 삼아 지어 올린 서정시의 한 갈
래로 여겨질 뿐이다. 여전히 그의 새벽이다.

여자가 창밖으로 새를 던진다
저녁이어서
여자에게는 새가 많다

여자의 눈 밑에는
한 번 쓰고 버린 혀와
한 번도 쓰지 않은 혀와
굼실거리는 천만 개의 이야기

여자가 창밖으로 새를 던진다

하얀 긴 머리카락
사과 반쪽

여자가 여자에게 새를 던진다

—「그동안 내내」 전문

　"여자"는 누구일까? 나 자신일 수도 있으며, 내 안에 거주하는 타자, 아니 나의 내부에서 뭔가를 생성해내는 존재일지도 모른다. "저녁"에 세상을 향해 무언가를 부지런히 쏘아 올린 이 "여자"에게 "새"는 그러니 저 하고픈 말, 타자에게 건네거나 타자로부터 듣기를 기대하는 말에 다름이 아닐 것이다. 저녁 무렵은 하루의 고민이 차곡차곡 쌓여, 고백을 해도 좋을 만큼 사연이 축적된 그런 시간이다. 지금까지 한 말과 앞으로 해야 할 말은 그러나 저녁에 모두 동나는 것은 아니다. 인생의 절반쯤을 살아온("반쪽") 시인(혹은 "여자")이 새벽을 맞이하여("하얀 긴 머리카락") 비로소 "천만 개의 이야기"를 풀어놓는다고 해놓았기 때문이다. 따라서 "여자가 여자에게 새를 던진다"는 마지막 문장은 내가 나 자신에게, 타자가 나에게, 내가 타자에게 말을 건다는 것이며, 시집의 첫머리에 이 작품을 배치한 것은 새벽이 임곤택에게는 매우 조심스러운 방식으로 제 시의 출사표를 던지는 그런 시간이기 때문이다. 주목해야 할 것은, 새벽에 한껏 어룽지는 그의 목소리, 그의 조심스럽고도 신중한, 너무나도 쑥스러워하는, 그래서 겸양보다는 오히려 단호함을 불러일으키는 어투이다.

2. 그가 아침을 견디는 법

아침이 밝아왔다. 햇살이 창가에 어른거린다. 간밤의 일기예보는 비를 예고하지 않았다. 활기찬 하루가 시작되었다. 출근길의 발걸음이 가볍다. 이런 아침은 시인에게는 역설이거나 오히려 불가능에 가깝다.

> 더 자라지 않았고 자라고 싶지 않았다
> 어느 불멸의 손버릇이 내 몸을 버스에 태우고
> 가방을 들어 올리고 시계를 보게 한다
> 아침이 다시
> 아침이 되는 일의 어려움
>
> ─「그대에게 닿는 허기」 부분

신문은 오지 않는 게 좋겠다

빨간 코의 유쾌한 광대가 문 두드리면 좋겠다

당신의 나라가 흑백으로 치직거리고

여자는 남자의 어깨를 두들기며 웃고

—「이런 게 필요한 아침」 부분

그의 아침은 "날마다 한 개씩 소진되는 태양의 곳간"에서 시작되는, 오로지 반복되는 실패를 다시금 반복해서 확인해야 하는 시간일 뿐이다. "실패는 살짝 감춰진 은화"(「습관적 실패」)처럼, 미리 예견되어 있으며, 이는 아침에 세수를 할 때마다 확인되는, 다시 말해 시인이 버릇처럼 늘 가지고 다닐 수밖에 없는 어떤 자의식 때문이다. 세수하는 사이에도 "무언가 속고 있다는 불안"과 "무언가 속이고 있다는 야릇한 피로"(「물에 잠긴 아침」)가 이렇게 그를 놓아주지 않는다. 일상적인 "신문"을 대신하여 "빨간 코의 유쾌한 광대"가 찾아오는 아침을 기대해보아도 말짱 헛일이다. 결국 "흑백으로 치직거리고", "여자"가 "남자의 어깨를 두들기며 웃"는 상투적인 출근이 어김없이 반복되며 우리를 기다리는 아침, "밤을 새웠지만 사물의 배후는 확인할 수 없"(「물에 잠긴 아침」)는 아침이 다시 찾아올 뿐이기 때문이다.

얼굴을 씻으며, 곤택아 곤택아 몇 번을 부른다

아침의 내가 엊저녁의 나를 부른다
아침의 내가 엊저녁의 나를 씻는다
세수를 하고 나면 얼굴이 희다

입추가 막 지난 8월
바보만 아니면 곧 추워질 것을 안다
바보가 아니므로 거기까지만 안다

발끝이 길 끝에 맞닿았다고
술자리서밖에 할 수 없는 말을
버스 타고 청량리서 바꿔 타고 저녁이면 정확히 그 반대로
돌아오는 길마다 웅얼거리곤 한다

광화문 네거리서 저승사자같이 무섭게 생긴
이파리 하나가 어깨를 꽉 붙잡았다
그 어깨가 아직 그곳에 있고
내 어깨에는 여전히 그것이 얹혀 있다고
술자리서나 할 얘기를 혼자
웅얼거리곤 한다

얼굴을 씻으며 미친 새끼 미친 새끼 미친 새끼
거품을 많이 내야 잘 씻어진다

조금 바뀐 내 얼굴이 좋다

―「얼굴을 씻다」 전문

　명백히 일기 형식을 취해 하루의 일과를 적어놓은 작품이지만, 주목을 끄는 것은 오히려 그 어떤 변화조차 반복의 굴레를 벗어나지는 못한다는 말투와 그러나 이런 사실을 확인하고 인정해야만 "조금 바뀐 내 얼굴"을 갖게 된다는 시인의 생각이다. 반복되는 이 지루한 일상에서 아주 작은 변화를 모색해내는 임곤택의 고유한 방식이 여기서 생겨난다. '1+1=2'나 '해는 동쪽에서 뜨고 서쪽으로 진다'처럼 우리가 "바보만 아니면" 쉽사리 짐작할, 너무나도 자명한 것들을 제외하고서, 세상의 그 무엇도 함부로 확신하지 못할 것이라는 자신의 생각을 "바보가 아니므로 거기까지만 안다"라는 말로 적어놓았다. 연시(戀詩)의 형식을 차용해온 작품들에서조차 우리가 주목해야 하는 것은 따라서 사랑 타령이나 감정의 기울어짐이 아니다. 가령 "백 일은 붉고 / 백 일은 없는 내 사랑" 같은 구절에서 읽어야 하는 것은 사랑의 속성이 아니라, '붉거나 그렇지 않은'이라는 고리타분한 이항 대립적 반복의 굴레로 하루가 채워진다는 것이며, 우리의 처절한 삶과 애절한 사랑조차 알고 보면 이렇게 "흔한 이야기"(「그대에게 닿은 허기」)일 뿐이라는 사실이다.

이빨을 훤히 드러내고 웃어라

평범한 자들은

아침을 맞는 것으로 하루의 의무를 마쳤으니

—「시민의 의무」 부분

반복한다. 아침이 밝았다. 그러나 아무 일 없었다는 듯, 얼굴을 씻으며 어제의 내가 오늘의 나를 반복한다. 임곤택은 습관적인 행동, 타성에 젖은 사랑, 되풀이되는 시간 속에서 있어도 좋고 없어도 그만인 일상, 아침이라고 달라지지 않는 무기력한 삶을 굳이/반드시 확인해야 한다는 소소한 의지와 최소한의 결론을 가지고 제 시를 적어나간다. 이 절망한 자의 하루에서, 그는 지금의 자신을 있게 해준 세상의 모든 만물과 풍경과 "사랑했던 유물"(「침묵과 뼈」)을 어떤 시선으로 담아내는 것이며, 어떻게 "시민의 의무"를 완수하고자 하는 것일까?

3. 오후의 산책과 "아주 조금" 나아가는 순간들

해가 중천에 걸린다. 푸른 잔디밭에 누워 따스한 햇볕을 즐긴다. 애인의 손을 잡고 있으면 금상첨화다. 주위에서 개가 뛰어놀고 있다. 준비해온 샌드위치를 꺼내야 하는 순간이다. 오오, 이 얼마나 나른하면서도 여유로운 한

낮이란 말인가?

> 열두시였는지 열두시 반이었는지
> 의정부역 막차시간을 적어놓을걸
>
> 생각은 구부러진 길의 오류를 가로질러
> 단번에 커지는 空地의 환청으로부터
> 문턱에 부딪친
> 발가락의 짧은 통증으로부터
>
> ―「처음 와본 듯한 곳」 부분

　"짧은 통증"과 "환청"에 시달리는 임곤택의 오후 산책은 "문턱"에 걸려 자꾸 넘어지며 끝을 맺지 못하게끔 예정되어 있어 보다 비극적이다. "버스가 사라진 곳"을 본다 해도 "다시 이곳을 지날 것"이라는 직감에 사로잡히며, 더욱이 이 "생각"마저 "점선 같은 걸음으로 절룩"일 수밖에 없다는 사실을 어떻게 임곤택은 미리 알고 있었다는 듯이 말하는 걸까? "잎들의 발목이 / 길게 늘어져 풍선처럼 슬프다"고 느끼는 정오의 한순간에도 그러나 시인은 그 뒤의 말을 채 맺지 못한다. 말을 매듭짓지 못하는 이 행위는 경악의 표현이나 분노의 표출과는 완전히 다른 것이다. 깊은 상처나 사연을 불러내는 것도 아니

다. 일상의 잔혹함과 고독은 오로지 일상적인 방식으로
포착되고 또 드러내야 하는 것이지, 파도처럼 넘실대어
서는 몹시 곤란하다고 믿기 때문이다. "예언자의 손가락
질"로 주조된 일상을 오로지 일상적인 방식으로 견디는
법을 이 "누더기의 사내"(「비 갠 다음의 K씨」)가 우리에게
가르쳐주고 있는 것은 아닐까.

　　당신 앞에 횡단보도가 있다
　　신호가 바뀐 줄도 모르고 선 당신의 앞에
　　평온의 바다 말고
　　시간의 아찔한 흰빛 말고

　　당신은 느티나무 고목 안에 있다
　　당신은 단단하고 두껍다
　　얼마나 많은 잎들을 바람과 맞바꾸었는지
　　당신 앞에는 예닐곱 살 사내아이
　　손가락에 묻은
　　과자 부스러기를 맛나게 핥는 사내아이와
　　긴 횡단보도가 있다

　　당신 앞에는
　　바다가 있거나 없다

갈매기들이 얼마나 가까이 다가오는지
뱃노래가 들리는지 당신 앞에는
웃자란 상고머리가 바람에 너풀거리는
사내아이와 긴 횡단보도가 있다

당신은 느티나무 고목 안에 있다
당신이 나기 전부터 고목이었던
그것의 안에서
당신은 무엇을 떠올리거나, 계속 잊는다

당신 앞에는
후텁지근한 바람과 오후의 한가한 버스들
당신이 두 번 파란불을 놓치는 동안

—「여자와 느티나무」 전문

햇볕이 내리쬐는 한낮에 횡단보도를 건너려는 여자를
본다. 바로 이 순간에 나는 그 여자의 행위와 경험과 역
사와 심지어 본질을 굽어본다. 정지시킨 후, 캡처를 하듯
담아낸 여자의 뒤에 "느티나무"가 자리하고, 앞선 아이
가 여자의 몸을 잘라먹으며 한 번 더 이미지가 고정된다.
그러나 그것뿐, 순간에 "무엇을 떠올리거나, 계속 잊는"
일밖에 할 수 없다는 사실 때문에 여자에게 감정을 이입

하는 일은 발생하지 않는다. 그 여자의 심원인 "바다"는 "있거나 없다"라는 명백한 두 가지 가운데 하나에 귀속될 뿐인데, 이는 "당신이 나기 전부터" 세상의 풍경이 이미 고정되어 있었다고 시인이 여기기 때문이다. 그리하여 만고에 새로울 것이 없는 저 따분한 오후의 한 장면을, 바로 그 확정할 수 없는 방식 그대로 시에서 제시할 때, "두 번 파란불을 놓치는 동안"의 일상적 모습이 시안으로, 정확히 그만큼 걸어 들어온다. 이렇게 오후가 저문다. 발걸음을 옮길 때가 된 것이다.

4. 해 질 녘의 비애와 약간 더한 것

해가 지고 있다. "하는 수 없이／사람들이 터벅터벅 빛을 흘릴 때", "저녁 일곱시쯤의 자유는 착잡한 것"(「일몰」)이 되어가고, 나는 사방을 둘러본다. 스프링클러가 쉼 없이 돌아가는 잔디밭으로 가서 엉덩이를 붙이고 잠시 앉는다.

> 당신은 수천수만의 유선형인데
> 어떤 생애도 거머쥐지 않고 화살의 궤적처럼
> 지나가는 물의 몸인데
> 질투와 폭로와 추락과, 달콤하고 축축한

통속의 일화(逸話)

지상에 가까울수록 당신은 무척 바쁘다

어느 단단한 것 위에 당신은 누울까

무심히 주고받는

당신 없는 하루는 너무 길어요 따위의 말들

독한 취기에 며칠 깨어나지 못했네

십 년 이십 년 전의 일처럼 몸을 일으켰네

지팡이가 꽃이 되는 마술

물의 춤과 혼신과 물의 패전을 한 귀로 흘렸네

젊은 꼽추의 주머니 가득, 해 질 때

가슴을 드러낸 붉은 마리아

나무의 발을 씻는, 몸 뻗어 나무의 情을 열어젖히는

저녁 습기가

당신의 뜻으로 와전된다

—「스프링클러」 전문

　필경 해 질 녘에 미칠 것같이 타들어가는 노을을 보았
을 것이다. 빙빙거리며 규칙적으로 뿜어내는 스프링클
러의 시원한 물줄기로도 식혀질 줄 모르는 그런 정염이
내 안의 그리움을 불러내어 애잔한 감정을 내려놓게 된
다. 그러나 그리움의 대상은 누구인가? 임곤택의 시집에서 "나무"는 본래적 특성이나 생의 근원, 하나의 우주처럼, 어떤 원형을 대신하는 경우(특히 「여자와 느티나무」, 「blues for nothing」, 「당신과 나의 숲」)가 상당수를 차지하지만, 이 작품에서는 타자이자 연인, 사랑함에도 구체적으로 지칭할 길이 없는, 그저 막연한 그리움의 대상을 상징한다. 순간에 차오른 감정이 과중하게 적재된 것 같지만, 이 작품은 명백한 좌절을 그린 것으로 봐야 한다. 그리움이 "가슴을 드러낸 붉은 마리아"에 물을 뿌리는 스프링클러의 움직임에 따라 차츰 고조되는 것 같아도, 끝내 저 "나무의 情을 열어젖히는" 행위는 완성되는 것이 아니라, "와전"이라고, 못 박듯이 포기를 향하기 때문이다. 아무리 연시의 형태를 띤다 해도, 상상력에 의존해 턱없이 감정을 고조시키는 일은 임곤택 시에서는 찾아보기 힘들다. 오히려 거리를 유지하고서 무언가를 보기, 잠시 젖어들기, 이내 포기하고 제자리로 돌아오기, 이렇게 삼자의 순환구조를 유지한다고 하는 것이 옳다. "다시 한 번이라고 사랑을 속이고 있다"(「침묵과 뼈」)처럼, 포기하는 심정으로, 물러서는 마음으로, 세상을 바라보는 오후의 한 풍경이 시집에서 지속적으로 반복될 수 있는 것은 그가 겸허하고도 단아한 태도로 허무의 시간을 구축해내기 때문이다.

가로등에 불이 켜진다 아직 어둡지 않은데

왜 그런 오후 있잖아

밀리는 차들에 시달리다 느지막이 집에 도착한 오후, 맞은
편 아파트 벽이 카메라의 플래시처럼 눈부시고, 서쪽으로 치
우친 해가 전속력을 내는

그때면 반지를 끼워줄게

약속은 반복되고 노부부가 횡단보도를 건넌다

열 대의 자동차에 펑크가 나고 비행기가 날고

거인의 키가 자란다

거인이 허리를 구부린다 봄날의 아지랑이같이

그의 정강이쯤을 지나는

우리는

―「거인」 부분

"거인"은 "상투를 튼 화전민의 추수"이자 "운동회의
나른한 흙먼지"를 마시며 100m 달리기 출발선에서 "꺾
인 무릎을 짚고" 있는 흑백의 시간이기도 하다. "거인"은
허망하게 흘러가는 것, 붙잡을 수 없는, 거대한 허무의
시간에 대한 비유일 것이다. 따라서 "무엇이든 꿰뚫고
어디든 닿았으며, 나비처럼 가"벼운 "거인"은 어린 시절
과 늙은 모습, 지금은 붙잡을 수 없는 과거와 일상에서
패배한 단편들을 동시에 꿰뚫고 있는 그런 시간이며, 그

러나 한없이 반복되고 교차되면서 되살아나기에 이내 부질없어지는 시간이기도 하다. 그러나 이 시간은 세탁소에 옷을 맡기며 가짜 이름을 대는 순간, 세상이 "약간" 바뀔 수 있다고 생각하게 해주는 시간이기에 삶에서 미세한 변화를 일구어내는 계기이며, "플라타너스가 가지"를 늘리면 내가 줄어드는(「이름을 바꾸다」), 타자와의 관계에서 빚어지는 시간이기도 하다. "갈라파고스 거북이"(「물에 잠긴 아침」)의 상대성 논리(예를 들어, 수명이 200년이나 되지만, 그 거북이에게는 우리가 느끼는 20년밖에 되지 않을 것이라는 이론 따위)처럼, 늘어났다 줄어드는 오후의 시간을 허무한 배회로 마감하며, 마침내 그가 발걸음을 내려놓은 저녁의 풍경이 여기에 있다.

그의 어둠이 그리워지는 데 백 년이 걸리지
싱거웠던 그 토요일은 무엇이었을까

홍어회와 막걸리를 드시는 아버지가 평상 위에
검은 교복과 함께 차려져 있는
일거수일투족의 정적

죄인은 아니었고
병자(病者)도 되지 못한 아버지의 소심한 입맛이

식솔들을 이끌고
박물관의 느긋한 지붕 너머 사라지고 있다

초벌의 풋내는 어디로 갔을까
물가에서 자란 아이는 물내를 싫어해서
아버지의 뱃길을 거슬러
높은 나무들이 가린 곳으로 달렸는데

바닷가의 저녁은
뱃머리에 새긴 칼자국같이 깊고 습기가 많아
미치지 않으려고
물에 던져 넣은 술잔은 두 번 불에 구운 것
그 이마의 실금을 찾는 데는
몇 초가 채 걸리지 않고

비색(翡色)의 바닷속 같은
전시관에는 미인도와 녹슨 흉기들
어눌한 두통으로 누천년의 귓속말을 버티고
유리에 비친
천정의 불빛을 잠깐 들여다보는데

月下의 낚시꾼처럼 빈 배에 앉은 아버지

곧지도 푸르지도 않고 잠시

편안했던 토요일 오후의 그 정적에 대해

어두웠다고 말하고 싶지 않다

—「박물관의 저녁」 전문

　"토요일 오후"에 박물관을 방문했다. 박물관의 유물 하나하나에 이야기가 포개어진다. 가족사가 범속한 일상의 모습과 두 겹의 이미지를 만들어내며 잔상을 늘려 간다. "초벌의 풋내"는 그곳이 하필 박물관이기에 촉발된 것이지만, 아버지와 다른 삶을 살아온 나를 고백의 서사에 기대어 내려놓은 대목과도 연관된다. "바닷가의 저녁"도 내 삶의 종착지이자 아버지가 당도한 장소를 포괄하기는 마찬가지이다. 이 두 겹의 서사는 배를 타고 강을 건너다 칼을 빠뜨린 사람이 그 칼을 빠뜨린 뱃전에 칼자국을 내어 표시를 해둔 다음, 배가 모래 부근에 닿자 칼자국이 있는 뱃전 밑으로 뛰어들었다는 '각주구검(刻舟求劍)'의 이야기에 내 삶이 지나온 굴곡을 포개어놓은 "뱃머리에 새긴 칼자국같이 깊고 습기가 많아"와 같은 구절에서 빛을 발산한다. 따라서 "물에 던져 넣은 술잔은 두 번 불에 구운 것"이라는 대목도 두어 차례 각인된 나의 상처를 암시하는 동시에, 실제 흙을 빚어 구운 다음, 유약을 발라 한 번 더 굽는 재벌의 과정을 거쳐 전시된 박물관 어느 구석의 "비색(翡色)" 도자기의 운명도 말하고 있다. "그 이마의 실금" 역시, 촘촘히 들어선 내 주름(아버지가 옳겠다)을 과장 없이 적어놓은 듯하지만, 술잔의 표면에 헤아릴 수 없이 번져난 "실금"이기도 하다. 자꾸 닳아 없어져 다시 찾아야 하지만 좀처럼 발견할 수 없고 복원과도 거리가 먼, 저 신산스런 삶과, 그럼에도 불구하고 지속해야 하는 나의 저 "미치지 않으려"는 반복적 행위에 대한 비유가, 이렇게 나의 개인사와 박물관의 술잔 사이에 포개어진 두 겹의 서사를 통해 오묘하게 결합된다. 임곤택의 탁월함은 바로 이렇게 겉으로는 "편안했던 토요일 오후의 그 정적"을, 그러나 저 내면은 지글거리며 타들어가고 있는 상태로, 과장 없이 치환해 내는 데 있다. 그러니 "어두웠다고 말하고 싶지 않은" 저 심정은, 세상에서 제 존재의 이유를 엄연히 갖추고 있는, 지극히 사소한 것들로 이루어진 일상에 최대한 예의를 차려 상재한 진솔한 전언이 아니고 무엇이겠는가?

5. 일상에서, 일상을 위해, 일상의 목소리로, 일상과 싸우는 방식

임곤택은 그의 하루의 일기를 마치면서 놀랍게도 "아 무것도 포기하지 않을 것이다"(「내 이마의 청동거울」)라고

적어놓았다. 그가 포기하지 않아야 한다고 생각하는 것
은 "약간 더", "조금 더" 밀고나간, 그래서 지극히 일부
분만이 자기 것이 되기를 염원하는 그런 일상이다. 그러
나 그가 "조금 더" 밀고 나간 일상의 이면에는 비장함과
인내만을 최후의 무기로 간직하고서 하루하루를 생존하
듯 버티는 사람들로 바글거린다.

꽃을 꺾고 잎을 따는 시늉의 손짓
스스로 숯을 삼키고 벙어리가 된 자객처럼
여자는 국화 무늬를 새긴다
올겨울에는 전대미문의 추위가 닥칠 거라고, 누군가 신문
보도를 인용하고

여자는 역수(易水)를 건너 환생한 자객
가을 깊어도
이번 세상과는 아무 관계도 나누지 않는

반듯하게 잘린 시체 위에 몇 송이 국화꽃을 던지듯
봉지가 채워지고
짧은 목례가 마지막으로 교환된다

—「국화빵 만드는 여자」 전문

암살을 위해 독을 발라 망가뜨린 제 피부로 위장을 하고, 시뻘건 숯을 삼켜 목소리를 변조한 전국시대의 자객 예양이 거사에 실패한 후, 그러나 제 표적이었던 조양자에게 간청하여 마지막으로 그의 옷을 받아 내려놓고서 세 번 칼로 내리친 뒤, 주군 지백에게 '지하에서 보고 하겠다'는 말을 남기고 의연하게 자결한 이야기를 우리는 알고 있다. 번어기의 수급(首級)과 연나라 독항(督亢)의 상세도를 가슴에 품고, 역수(易水)에서 배에 오르려는 자객 형가가 끝내 오지 않은 제 음악친구 고점리와 작별을 고하며 남긴 "바람이 소소하니 역수 물 찬데(風蕭蕭兮易水寒), 장사 한 번 가면 돌아오지 않으리(壯士一去兮不復還)"라는 구절도 낯설지 않기는 마찬가지이다. 임곤택은 고사에도 남을 만한 비장함과 애절함, 목숨을 건 각오나 단호한 결심을 엉뚱하게도 국화빵을 만들어 파는 여인네의 표정에서 읽어낸다. 비장한 이야기는 이 여인의 노동이나 그 노동의 재료, 그 절차와 차례로 대응하며, 마치 삽으로 떠낸 짙푸른 잔디가 황량한 갯벌에서 되살아나듯, 작품에서 이식된다. 굳게 다문 여인의 입술은 예양의 그것과, 묵묵히 빵틀을 반복해서 돌리는 모습은 형가의 비장한 결별과, 예양과 형가가 끝내 끌어안을 수밖에 없었던 죽음은 국화빵틀의 저 밀가루를 태우며 산화되는 이미지와 조심스레 겹쳐져, 특별한 장치 하나 없이 삼중의 구조가 시에서 층층이 포개지고, 급기야 내게 건네온 "짧은 목례" 하나만으로 일상의 긴장감이 최대치로 고조된다. 경제적인 비유와 효과적인 암시를 통해 임곤택이 일상에서 전개하는 이런 식의 싸움을 그러니 우리는 무어라 불러야 좋을까? 치열하게 맞붙는 전면전이 아니라, 참호 안에서 웅크린 채, 저 때를 기다리고, 조금씩 전진을 꾀하는 약전(弱戰)이라고 해야 할 것인가. 아니, 그가 일상에서 벌이는 약전은 실제로 어떠한가.

골목은 길고 수다스럽다. 한물간 사내들이 모여 소주 값을 걱정한다. 버스를 기다리는 정류장의 비린내. '기표소'라고 쓰인 휘장을 젖히고 처음 맡았던 냄새. 나란히 번호를 붙인 사생결단의 빈칸들.

어린 연인들이 좁은 골목으로, 잘 맞는 신발처럼 척척 나아갈 때, 가장 먼저 서쪽에 닿은 사람은 아침인사의 격식을 이해한다. 방바닥에 그려지는 긴 수형도. 일몰은 너무 재빨라 한 장으로는 다 그릴 수 없지.

단단한 고목이 쓰러진다. 달리는 버스의 앞바퀴가 덜컥덜컥 빠진다. 눈을 꽉 감은 꼬마들이 치과 앞을 재빠르게 달린다. 자리를 옮겨 앉는 것들로 세상이 공평해 보일 때.

태평성세의 기억을 반으로 나눠 하나는 정오의 하늘에, 나
머지 반을 하오의 땅속에 묻는다. 맨질맨질 닳은, 한 쌍의 무
릎뼈를 베개에서 발견할 때. 빈 컵을 닦아 다시 선반에 엎어
놓을 때

—「그림 맞추기」 부분

부(富)("정오의 하늘")와 빈(貧)("하오의 땅속")의 불평등
에서 착안하여, 가령 "어린 연인들이 좁은 골목으로, 잘
맞는 신발처럼 척척 나아갈 때, 가장 먼저 서쪽에 닿은
사람은 아침인사의 격식을 이해한다"와 같은 구절을 금
전적으로 부족할 것 없는 젊은이가 유럽 유학("서쪽")을
떠난 후, '구텐 탁'이나 '봉주르' 같은 "아침인사의 격식"
을 자기 말처럼 구사한다는 것에 대한 비판적 암시로 읽
는다면, 필경 실패에 가까운 해석일 것이다. 죽음으로 치
닫는 삶의 정해진 수순("서쪽")과 누구에게나 종말이 예
정되어 있기에 "세상이 공평"한 것이라고 말하는 시인에
게 삶의 지리멸렬한 순간에 대한 덤덤한 기록이 주된 임
무로 주어질 뿐이라고 우리는 줄곧 말해왔기 때문이다.
낮은 톤의 목소리, 덤처럼 약간 더해놓거나 떼어다 붙인
것과도 같은 목소리가 오히려 비판을 노정하는 자그마
한 가능성 하나를 만들어낸다고 생각을 전환하는 순간,
해석의 실패는 절반을 잘라먹을 수도 있을 것 같다. 찰나

와 순간에 포개어지는 일상의 기록에서 불평등이나 부
조리에 대한 저 추정 가능한 비판이 생성되는 것은 그러
니 부차적으로 주어진 결과인 것이다. 가령, 이런 구절들
은 또 어떻게 볼 것인가?

     움켜쥐거나 건넬 수 없는 몇 가지 생각

     유리 조각 꽂아진 담장 너머

     커튼이 펄럭거린다

     지나는 아이들의 아이스크림을 핥는다

     버스는 정류장을 지나치고

     앞만 보고 달리므로 멈출 것 같지 않고

     퍼렇게 드러난 핏줄은 정말

     가슴 왼편으로 향하는지

     정교한 오답들

     교문을 일시에 쏟아져 나오는 아이들은

     한 아이의 분신이라는 생각

     버스를 향해 뛰다 멈춘 사람들 모두

     버스에 탄 한 사람의 잔상이라는 생각

            —「대개는 음화(陰畵) 같은」 부분

     사가정역 정류장에서 한 시간 동안

     겁먹은 남자 다섯과

제 표정을 부축하며 지나는 行人 다섯을 보았다

(…)

가운뎃손가락을 치켜세운 가로수
풍향은 상관없고
롯데리아에서는 여고생들이 화장을 고치지
―「풍향은 상관없고」 부분

진보에 대한 의문을 개진하는 것으로, 삶에 퍼붓는 야유의 일종으로 각각의 작품을 볼 여지가 있는 것도 사실이리라. "정교한 오답들" 역시 사회제도, 나아가 우리의 삶 전반에서 자행되는 왜곡과 모순이라고 한다면, "분신"은 분신(分身)이자 분신(焚身)일 수 있으며, 이후의 대목은 '공동체에 대한 사유'를 도모하는 행위라는 해석도 가능할 것이다. 중요한 특징 하나가, 기껏해야 '야유', 그것도 드러내놓고 맘껏 고함을 지르지 못하는, 고작 가로수의 모습을 보며 'fuck you'를 떠올릴 뿐이라는 우리의 해석에서 솟아난다. 임곤택에게는 죽은 것, 사멸하는 것, 사라져가는 것, 기력을 다한 것에 내려놓은 "약간"의 관심과 그것을 거두어들이지 않은 행위가 중요하기 때문이다. 임곤택의 일상시가 빛나는 것은 바로 이 순

간이다. 예컨대 버스나 전철의 그것이 아니라, 갑자기 오
른 "택시비 걱정으로 시민의 의무"(「시민의 의무」)를 다할
수 있다며, 저 자신은 "시민"이 아니라고 감추듯 말하는
대목에 주목해보자. 그의 염려나 고민이 소시민의 그것,
소시민의 "이빨을 훤히 드러내고 웃"는 저 "평범한 자
들"의 목소리를 오로지 일상적인 방식으로 담아내는 데
달려 있을 뿐이라고 말하는 시인에게 우리는 무슨 말을
함부로 덧붙일 수 있겠는가. 임곤택의 비판이 볼멘 불만
의 목소리나 고조된 외침을 과감히 등질 수밖에 없는 근
본적인 이유가 여기에 있다. "시민"이 아니라 소시민의
목소리를 유지하면서, 무언가를 덤으로 추정하게 만드
는 자그마한 사건에 주목할 뿐, 지나친 단정과 과도한 비
약은 이 시인에게 애써 피해야만 하는 엉터리 시의 요건
인 것이다.

6. 허무를 견뎌내는 미처 끝맺지 못한 연가

첫 시집에서 임곤택은 일상의 허무를 우직하게 밀고
나가는 모습을 우리에게 보여주었다. 그에게 연시는 연
시가 아니다. 울고 있는 여인에 대한 역설적인 감정으로
뒤발된 「어젯밤부터 오늘 아침까지」도 자세히 따져보면,
이별이나 그리움조차 허무로 단단하게 붙잡아 되풀어놓

은, 결국 하루 한나절의 이야기일 뿐이다. 너에게 다가갈 수 없어 애틋해진 그리움은 "고맙다, 말 걸지 않아서/고맙다, 위로하지 않아서"(「당신과 나의 숲」)처럼, 홀로 가는 고독으로 막바지에 이르러 대치되기 일쑤이며, 리듬 앤 블루스의 축축한 분위기에 젖어들어서도 "나는 소박해서"를 반복할 수밖에 없는 처지를 되돌아보며, 결국에는 "아무도 불안하지 않을 옛날로 돌아가"(「blues for nothing」)자는 식의, 허무에 젖은 말투가 마이크 블룸필드와 알 쿠퍼의 명연주곡에 포개어지거나, "목화 농장의 어린 노동자"의 기타 연주가 "낡은 LP판의 잡음"(「B. B. King」)을 타고 변주되어 등장했다가 이내 사그라질 뿐이다. 이렇게 허무한 것을 허무한 것으로 지탱해나가는 그만의 독특한 방식은, 문장 구성의 중의성을 조장하고, 맺지 못한 결구로 시를 마무리하는 원인이기도 하다.

첫 번째 방에서 당신은 갈색 외투를 벗어
사슴뿔 모양의 옷걸이에 척 걸치며 경쾌한 비음으로
안녕, 거기 당신은 갇혀
얼마나 오래
우리는 서로 모른 척할 수 있을까

(…)

당신은 점점 나를 닮는군

당신에게서 빠져나오는 일은 가능하지 않아

벽을 더듬거려 당신의 방 문고리를 잡고

골목을 달리는 오토바이의 소음

—「벽화」 부분

"안녕, 거기 당신은 갇혀" 같은 애매한 구절, 예컨대, 양태의 묘사인지, 지시된 명령인지 모호한 상태를 견지하는 중의적인 뉘앙스는 "당신에게서 빠져나오는 일은 가능하지 않아"와 고스란히 결부되어, 끝을 맺지도, 단정을 짓지 못하는 태도를 시 전반에서 견인해내는 원인이 된다. 더듬거리는 말투와 순서 없이 섞어놓은 듯한 배열이 오히려 임곤택의 시에서 허무를 허무로 지탱하는 독특한 방식으로 되살아나는 것이다. 따라서 시집 곳곳에서 목격되는 이와 같은 맺음의 형식에 보다 섬세한 주의를 기울일 필요가 있다.

걸어갔다 아주 조금

우리는 빠져나왔다 평균치의 인파로부터

평균치의 지옥과 아름다움으로부터

—「피아니스트」 부분

눈을 감거나

멀리 피할 수는 없는

　　　　　　　　—「목련 아래 비를 피하다」 부분

우리가 무엇을

맘껏 변하게 한다면

　　　　　　　　—「한나절의 생각」 부분

　이처럼 기이한 방식으로 시를 매듭지을 때, 맺지 못한 여운이 남겨지는 동시에 독서 자체를 앞으로 되돌려야 하는 순환의 구조도 생성된다. 임곤택은 일상에서 반복되는 허무의 특성을 바로 이 끝맺을 수 없는 문장을 통해 그려내고 있는 것인가? 하루의 꿈을, 이 돌고 도는 허무의 순환과정을 따라가며 그대로 실현해보려고 그는 이와 같은 맺음을 선택했는가. "멈춘 것은 멈춘 대로 서두르는 것은 뒤돌아볼 겨를 없이"(「거리(距離)」) 나아가는 세상에서 "어느 오래된 기억과 / 가장 새로운 입맛 중 하나를 고르라"(「지금까지 그때부터」)고 강요하는 선택의 시간만이 그에게 주어졌다는 것일까. 교차되는 시간은 화해를 바라보기는커녕, "임오군란 병졸들"과 "날마다 해마다" 배운 "새 말"(「지금까지 그때부터」)의 저 합쳐지지 않는 팽팽한 병렬로 일상을 파고들어올 뿐이다. 옥탑방의 관찰기라고 할 「키 큰 나무들의 방」에서도 일상의 자

잘한 사건들을 무덤덤하게 병치해내는 기법과 끝을 상
정하지 않는 매듭짓기를 통해, 시인은 가난한 삶의 문턱
에서 얼씬거리는 허무의 그림자에 주목할 뿐이다. "벽을
기어오"르는 담쟁이("빨간 매니큐어를 바른 손")에 대한 비
유는 뛰어나지만, 주목해야 하는 것은 따라서 이 모든 것
을 "빤히 보이는"이라고 우물거리듯 마무리 지어놓은 결
구인 것이다. 남루한 삶에서 온갖 신비감을 걷어낸 시인
의 냉정한 태도보다, 그것을 만들어내는 저 어법, 다시
말해, 매듭짓지 않고 열어놓은 맺음의 특이한 방식에서
우리는 허무를 연장하려는 임곤택의 시도가 일상이 지
속되는 한, 계속될 것이라는 사실을 어렴풋이 짐작하게
된다.

물 한 병을 산다
발그레한 빛이 국민은행 너머 한신아파트 너머
사람들 흩어진다
저녁을 편안하게 맞고 싶은가
한두 개의 연장으로 구겨진 자동차를 고치는
능숙한 기계공의 손재주를 가졌다면
발밑을 살피지 않은 채 사람들을 만나고
아무렇지 않게 돌아올 수 있다면
당신은 괜찮다, 저녁은 편안할 것이다

병마개가 따르르 몸서리를 치며 발밑에 멈춘다

물 한 모금을 마시고

크리스털 샘물을 노을에 흔든다

아무렇게나 엎어 두는 하루

높다란 선반에서 우르르 쏟아지는 하루

어쩌다 손을 베어도 그놈이 그놈 같아서

어디서 그랬는지 찾아낼 수 없다면

괜찮다, 당신은

정말 그런 하루를 보냈다면

—「쉽게 보내는 하루」전문

이 작품이 역설로 구성되었다는 걸 알아채는 것은 어렵지 않다. "괜찮다"고 자신을 위로하는 말에는 연속되는 실패에도 불구하고, 물러터진 하루를 보내지는 않았다며, 하루를 견뎌낸 자신을 돌아보는 겸허한 자평이 담겨 있다. 임곤택은 널름하거나 명민하게 하루를 기록하는 시인이 아니다. "눈을 마주치지 않은 채로 용서"하는 그의 방식에, 죽음에 대해 책임지지 못하면서도 위로의 말을 건네는 우리에게 "거짓말을 했다"(「우리는 서로의 입을 막고」)고 말하는 그의 고백에는 이렇게 겸허함과 부끄러움이 담겨 있다.

입 다문 것들도 말벗이 되는가 말 없어도

비문(碑文)은 되겠는가, 비명(碑銘)이 없는 그것에

내 이름을 붙여주어도 좋은가 가장 가까운 벽에

그것을 비춰

아는 얼굴이라고 우겨도 괜찮겠는가

—「침묵과 뼈」 부분

임곤택의 하루는 '이미, 그리고 여전히' 패배할 수밖에 없는, 그러나/그렇기에, 성실함으로 삶을 일궈온 자가 제가 머물던 누추한 공간과 발 닿는 곳 어딘가에 잠시 머물며, 힘겹게 기록해낸 하루이며, 도시 이곳저곳에 잠시 몸을 내려놓고서 그려낸 허무한 하루이기도 하다. 그의 하루는 우리가 사는 지금의 세상에서 그 무엇도 확고하게 제 정체성을 관철해낼 수 없다는 사실 때문에, 잠시 유보된 하루이며, 끊임없이 반복해서 자명하다고 떠들어대는 흑백의 두 돌 가운데 어느 하나를 선택할 수 없기에 연달아 보류되고 한 차례 더 연장된 하루이다. 임곤택이 패배에서 벗어나는 방식은 고작해야 이를 악물고 참는 것이겠지만, 겉으로 '앙' 다문 입모양조차 드러내지 않으면서 내적으로 삭이는 일이 결코 쉽지 않다는 것을 우리는 모르지 않는다. 시도 마찬가지이다. 끝맺지 못하는 연가로 변주되는 그의 시가 아름답고 소중한 것은 인

내와 고통으로 한 구절 한 구절이 만들어졌기 때문이며, 삶의 허무를 견뎌낼 방식을 고안하고 일상에 편재하는 절제를 담아내는 몹시도 힘겨운 작업이기 때문이다. 임 곤택이 포착해낸 저 평범한 일상의 이면에 생의 비장함 과 좀처럼 흉내 내기 어려운 결심이 도사리고 있다는 사 실은 그의 시를 읽고 난 후에 주어지는 자그마한 보상일 뿐이다. 그에게 "남은 하루", 이렇게 "때를 기다리며 세 상을 맴돌"(「산책」)고 있을 그 하루는, 이제 그의 것만이 아니다.

문예중앙시선 018

지상의 하루

초판 1쇄 발행 | 2012년 6월 29일

지은이 | 임곤택
발행인 | 김우석
제작총괄 | 손장환
편집장 | 원미선
책임편집 | 박성근
편집 | 박민주
마케팅 | 공태훈, 신영병

디자인 | 오필민디자인
인쇄 | 영신사

발행처 | 중앙북스(주)
등록 | 2007년 2월 13일 (제2-4561호)
주소 | (100-732) 서울시 중구 순화동 2-6번지
전화 | 1588-0950
홈페이지 | www.joongangbooks.co.kr

ISBN 978-89-278-0344-7   03810